CONFÉRENCE PAILLET

ANNÉE 1860-1861

DISCOURS DE RENTRÉE

PAR

MM. F. ÉLIE DE BEAUMONT & ALBERT LIOUVILLE.

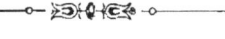

(4)

BARREAU DE PARIS

LA MAGISTRATURE & LA RENAISSANCE

DISCOURS

Prononcé le 13 Décembre 1860

A LA SÉANCE DE RENTRÉE

DE LA

CONFÉRENCE PAILLET

PAR

F. ÉLIE DE BEAUMONT

Docteur en Droit, Avocat à la Cour impériale.

IMPRIMÉ AUX FRAIS DE LA CONFÉRENCE.

PARIS

IMPRIMERIE ET LITHOGRAPHIE RENOU ET MAULDE
144, rue de Rivoli.

1861

LA MAGISTRATURE & LA RENAISSANCE

(Extrait du Procès-Verbal de la Séance du 13 Décembre 1860).

Présidence de M. CASIMIR ROYER, Vice-Président.

La séance est ouverte à huit heures.

M. le président donne la parole à M. ELIE DE BEAUMONT pour la lecture du discours de rentrée sur le sujet suivant :

La Magistrature & la Renaissance.

M. ÉLIE DE BEAUMONT s'exprime en ces termes :

MESSIEURS ET CHERS CONFRÈRES,

Une injustice trop commune aux grandes époques littéraires, c'est de vouloir dater uniquement d'elles-mêmes et de renier dédaigneusement leurs devancières. Ainsi, le dix-septième siècle, tout ébloui de sa propre gloire, fut ingrat envers le seizième, qui, lui aussi, avait oublié le moyen âge. Ainsi, le dix-huitième siècle, âge de raisonnement et de philosophie, aimant à s'ériger lui-même en modèle, regardant les chefs-d'œuvre de l'antiquité classique comme de simples ébauches, ne pouvait être un juge impartial et éclairé des premières productions de notre littérature nationale. Il appartenait à notre époque de se montrer plus jalouse de notre gloire littéraire, d'en rechercher les titres perdus, de remonter plus avant dans la vie intellectuelle du pays, et jusqu'au début de cette histoire des lettres, qui, en pénétrant au fond des sociétés, analyse curieusement leur vie privée et leur vie publique.

C'est du seizième siècle que date, pour la littérature comme pour la science du droit, une ère toute nouvelle et toute glorieuse. La littérature du moyen âge, la littérature à proprement parler gauloise, est terminée ; la littérature moderne commence. Un petit nombre d'années suffiront pour régler ses destinées, manifester la hardiesse et la vigueur de son essor, et, d'une langue encore incertaine et flottante, mais travaillée en tous sens, d'un goût individuel et capricieux, mais bientôt discipliné, ramené à l'unité, de la brillante anarchie des esprits, resserrée enfin dans les limites d'une sage indépendance, faire sortir la langue, le goût et l'esprit français, conquérants pacifiques, et, depuis le dix-septième siècle, immuables dominateurs de l'Europe librement soumise !

Parmi les influences qui ont préparé cette suprématie intellectuelle de notre pays, il faut signaler

l'étude des monuments classiques, l'amour de l'antiquité. Cet enthousiasme passionné pour les chefs-
d'œuvre de la littérature grecque et romaine ne tarda
pas à porter ses fruits. Fortifiée par le commerce des
grands écrivains, la pensée moderne ose enfin con-
templer face à face et discuter elle-même les plus
hautes questions de politique et de morale. Entre
l'érudition proprement dite et la philosophie, le droit
forme la transition. Cultivé comme science en Italie,
du douzième au quatorzième siècle, par les Accurse
et les Barthole, le droit s'illumine, au quinzième, des
reflets de la Renaissance. Ange Politien, le brillant
favori des Médicis, considère la jurisprudence romaine
comme un précieux fragment de l'antiquité, et appli-
que le premier aux textes des jurisconsultes les se-
cours de la philologie classique. La science du droit
passe d'Italie en France au seizième siècle, avec
Alciat, qui, appelé à Bourges par François Ier, fonde
une école nouvelle dont le caractère éclate dans les
ouvrages du plus glorieux de ses héritiers. Cujas,
enfin, avec une pénétration aussi prodigieuse que sa
patience, parcourt les dédales, éclaire les ténèbres de
cette législation romaine appelée de nouveau à civili-
ser le monde, et porte dans l'étude de ses monuments
la sagacité d'un historien et l'imagination d'un ar-
tiste.

Mais tous ces génies restaurateurs du droit, créa-
teurs de la littérature et de la poésie françaises,
précurseurs et préparateurs de notre grand siècle,
n'étaient pas seuls à accomplir leur glorieux et immor-

tel ouvrage. Autour d'eux, comme amis et comme disciples, se groupaient d'autres hommes qui, eux aussi, venaient ajouter leur pierre à l'édifice nouveau. Ces hommes, ces penseurs, ces écrivains, hâtons-nous de le dire et de nous en glorifier, ces hommes appartenaient presque tous à la magistrature et au barreau. Au seizième siècle, « le temple de justice, pour rappeler la métaphore un peu solennelle du chancelier d'Aguesseau, semblait n'être pas moins consacré à la science qu'aux lois (1). » C'était un trait saillant du caractère des anciens magistrats et jurisconsultes d'autrefois, que le goût des plaisirs de l'esprit. Admirons, Messieurs, ces hommes vraiment complets, qui savaient faire succéder les doux loisirs de la littérature et de la poésie à l'exercice du plus redoutable ministère, semblables à ces athlètes de l'antiquité qui, forcés d'observer une abstinence rigoureuse pour entretenir la vigueur de leur corps, s'en dédommageaient par intervalles en de joyeux banquets (2). Saluons leurs studieuses aspirations comme un témoignagne du calme que laissait dans leurs âmes le sentiment du devoir accompli; rendons hommage à ces puissantes natures où les qualités les plus opposées se complétaient et se perfectionnaient entre elles, où la bonhomie gauloise s'alliait, sans rien lui faire perdre de sa vigueur, à la vieille vertu romaine !

(1) xiiiᵉ Mercuriale, t. ı, p. 247.

(2) « Ne carmine quidem ludere contrarium fuerit; sicut athletæ, remissâ quibusdam temporibus ciborum atque exercitationum certâ necessitate, otio et jucundioribus epulis reficiuntur. »

Quintilien, Inst. orat., l. 10 et 5.

Tel était, Messieurs, le magistrat, et tel était l'avocat à cet âge héroïque de l'histoire judiciaire. Une
forte et virile éducation avait, dès le berceau, préparé leurs jeunes âmes aux luttes de la vie publique,
aux austères devoirs de leurs charges, aux études
arides et sévères du droit et de la théologie; « ils
« avaient respiré à l'ombre du foyer et au pied de
« l'autel domestique le parfum des traditions de la
« famille, et recueilli l'héritage pieusement accumulé
« des fortes vertus de leurs ancêtres (1)! » Puis, en-
trant dans la vie, ils allaient s'asseoir sur les bancs
de ces écoles fameuses où se donnaient rendez-vous
toutes les cultures de l'esprit, et qui furent magni-
fiquement appelées du nom d'universités. La pensée
de servir un jour leur patrie leur ouvrait une perspec-
tive de sacrifices et de labeurs. Ils savaient qu'il leur
faudrait parler, écrire, commander par leur talent et
soutenir ce talent, quelque noble qu'il fût en lui-
même, par cette autre puissance qui ne souffre jamais
impunément d'éclipse : la vertu! Ils envisageaient
avec passion l'avenir qui les attendait en face de
leurs concitoyens; ils étudiaient le droit, qui est la
grande initiation à la vie publique. Ils savaient bien
que le droit, qui chez les peuples serfs ne conduit qu'à
la défense des intérêts vulgaires, est chez les peuples
libres la porte des institutions qui fondent et sauvé-
gardent (2)! Aussi entendez-les nous donner eux-

(1) M. l'avocat général Sapey, Éloge des Séguier. Discours prononcé à
l'audience de rentrée de la Cour impériale de Paris, le 3 novembre 1860.

(2) Le R. P. Lacordaire, Conf. de Toulouse.

mêmes le programme de leur laborieuse jeunesse :
« Pithou, Cujas et moi, écrit Loisel, nous nous réu-
« nissions tous les soirs après souper dans la biblio-
« thèque, et là nous travaillions jusqu'à trois heu-
« res (1). » — « Nous étions debout à quatre heures
« du matin, dit Henri de Mesmes dans ses Mémoires,
« et, ayant prié Dieu, allions à cinq heures aux études
« avec nos gros livres sous le bras, nos écritoires et
« nos chandeliers à la main (2). » — « Dès que
« L'Hôpital fut en âge, raconte M. Villemain, il alla
« étudier en droit à Toulouse. A quatre heures du
« matin, en hiver, on se levait pour la prière,
« puis on allait aux écoles jusqu'à onze heures; on
« en revenait ensuite pour discuter les textes, véri-
« fier les passages et, pour toute récréation, lire
« Aristophane, Plaute, Cicéron et les tragiques
« grecs (3). »

Ainsi se formait cette antique magistrature qui,
même sous le pouvoir absolu, conserva toujours l'i-
mage de la liberté dans l'indépendance de la justice,
et demeura pendant plus d'un siècle comme une sau-
vegarde publique, au milieu des factions, des coups
d'Etat et de la guerre civile; ainsi se formait le barreau de ces temps, qui, malgré son élocution encore
un peu rude et pédantesque, comptait des hommes
d'un si grand savoir et d'une vertu si rare, que bien
souvent c'étaient des avocats blanchis dans le travail

(1) Dialogue des avocats au parlement de Paris.
(2) Mémoires (1545).
(3) Vie de L'Hôpital.

et la bonne renommée qui étaient appelés à l'insigne honneur de siéger sur les fleurs de lys.

Tels furent, pour faire passer rapidement sous vos yeux quelques-unes de ces glorieuses figures, tels furent Pierre Pithou (1), procureur général au Parlement de Paris, et l'un des auteurs de cette fameuse satire *Ménippée* qui anéantit dans le ridicule la Ligue, déjà vaincue par les armes, et comme une seconde bataille d'Ivry acheva de gagner la cause de Henri IV; tels furent le président Achille de Harlay (2) et l'avocat général Pierre Séguier (3); tel fut L'Hôpital (4), « le plus grand et le plus digne chancelier qu'il y « ait eu en France, » dit Brantôme, qui, pour la première fois, fit entendre parmi nous les accents de l'éloquence politique; « belle âme frappée à l'antique « marque, » suivant l'expression de Montaigne. « Mes amusements, » nous dit-il lui-même dans de gracieux vers latins, « ont quelque chose de sérieux, « soit que je tienne en main les ouvrages de Xéno- « phon, soit que le divin Platon remplisse mon oreille « des paroles de Socrate. Souvent je me plais à relire « les grands poëtes Virgile, Homère. J'aime à faire « succéder la lecture d'une comédie à celle d'un « poëme tragique, mêlant la tristesse et la gaieté, l'en- « jouement et la douleur. Je me plais surtout à quel- « que harangue d'un citoyen vertueux aimant la li- « berté de sa patrie, et dont la voix excita jadis les

(1) 1539—1596.
(2) 1536—1616.
(3) 1504—1580.
(4) 1505—1573.

« applaudissements du Sénat..... » — Il aimait à rassembler, dans sa maison de Vignay, près d'Etampes, pendant les loisirs des vacances, et à associer à ses studieux délassements quelques savants amis, quelques magistrats du Parlement, fidèles soutiens des libertés du royaume, quelques hommes d'Etat qui n'avaient pas la corruption de la cour et qui la servaient sans l'aimer.

Tel, enfin, fut Etienne Pasquier (1), successivement avocat au barreau de Toulouse, avocat général à la chambre des comptes et député aux états-généraux, qui, dans sa longue carrière, fut contemporain de la Renaissance et put saluer l'aurore du grand siècle. Il avait quinze ans lorsque notre dernier poëte gaulois, Clément Marot, précédait de quelques jours dans la tombe François Ier, son royal protecteur. Sa jeunesse était dans tout son éclat et il s'essayait à écrire lorsque Rabelais, après avoir miné les fondements de l'ancienne société par sa raillerie puissante, raillait lui-même la mort dont il sentait les approches. Témoin d'une transformation absolue dans notre esprit, notre gouvernement et nos mœurs, il traversa le règne de sept rois et ses yeux se fermèrent au moment où Malherbe florissait enfin, où Balzac composait ses premières lettres, où Vaugelas méditait ses judicieuses remarques (2). Il fut un philologue érudit, un pittoresque et spirituel chroniqueur, un historien profond et philosophique, sous des formes

(1) 1529—1615.
(2) M. Feugère, Vie d'Etienne Pasquier.

simples et souvent naïves, digne enfin d'occuper dans notre histoire littéraire une noble place à côté des Amyot et des Montaigne !

Tous ces grands noms, tant d'autres qu'il eût été juste de citer aussi, suffisent à nous montrer quelle part ont pris à la renaissance des lettres en France les hommes les plus éminents de notre magistrature et de notre barreau. Au milieu des richesses intellectuelles que les époques qui ont suivi le seizième siècle ont étalées, l'obscurité est venue bien vite pour la plupart d'entre eux ; mais on n'oubliera pas que longtemps avant Pascal et Descartes, Corneille et Racine, grâce aux travaux de leurs devanciers, Nicolas Pasquier pouvait déjà dire avec orgueil : « Notre langue court par « toute l'Europe (1) ! »

Il serait curieux d'étudier à fond ces grands parlementaires, de les montrer tantôt siégeant dans la majesté de la justice et résistant aux empiétements de la royauté, refusant d'enregistrer ses édits ou lui adressant leurs remontrances, tantôt dans un petit cercle d'amis relisant les grands auteurs classiques ou délassant leur esprit dans d'agréables récréations littéraires. Le temps, Messieurs, et l'historien, se refusent également à une pareille tâche. Permettez-moi seulement, en m'aidant des recherches savantes faites par un critique contemporain (2), de vous rap-

(1) Lettre vii, 1.

(2) M. Léon Feugère, Essai sur la vie et les ouvrages d'Etienne de La Boétie, 1845.

peler quelques traits de la vie d'un jeune magistrat
qu'ont immortalisé, non moins que son rare talent,
l'amitié et les regrets de Montaigne, et qui, si Dieu
lui eût accordé de plus longs jours, eût assurément
joué dans l'histoire politique et littéraire de son temps
le rôle le plus glorieux. Je veux parler d'ÉTIENNE
DE LA BOËTIE.

Étienne de La Boëtie naquit à Sarlat, dans le Péri-
gord, sous le règne de François Ier, quelque temps
après la paix de Cambrai. Sa première enfance s'écoula
au milieu d'épreuves de tous genres, et il grandit
vite sous l'éducation des malheurs, « ces grands maîtres de la vie humaine (1). » Son adolescence fut
initiée à ces études sévères qui étaient alors en honneur dans les classes élevées; dès ses plus jeunes
années, il semblait prédestiné à la gloire; son intelligence paraissait être mûre avant l'âge. Comme Montaigne, il sut le latin presque en même temps que sa
langue maternelle; comme Montaigne, « il l'avait si
« près et si à main, que ses plus illustres maîtres crai-
« gnaient de l'accoster (2). » Il fut surtout de très-bonne
heure particulièrement versé dans la culture du grec,
et son premier essai fut la traduction d'un fragment
de l'*Économique* d'Aristote. Il traduisit également le
cinquième livre des *Entretiens mémorables* de Socrate,
où son disciple Xénophon discourt de cette science
économique que Montaigne appelait « *la mesnagerie,* »

(1) Chateaubriand, Analyse raisonnée de l'Histoire de France.
(2) Essais, l. 1, ch. 25.

disant « qu'elle est la plus utile et honorable science
« à une mère de famille,....... et sa maîtresse qua-
« lité (1). » Enfin, il traduisit, de façon à rivaliser
avec Amyot, deux chefs-d'œuvre de Plutarque : *les
Règles du mariage* et un autre fragment composé par
le philosophe de Chéronée au sujet de la mort de sa
fille, et connu sous le nom de *la Lettre de consolation*.

Pendant que La Boëtie se livrait tout entier au commerce de l'antiquité, que sa jeune imagination lui
peignait plus belle et plus sereine encore, les événe-
ments politiques vinrent le rappeler au sentiment
d'une réalité qui contrastait tristement avec ses nobles
rêves. Les exactions d'un fisc impitoyable avaient
excité à la révolte Bordeaux et la province de la
Guienne (2) ; d'atroces vengeances signalèrent le
rétablissement de l'autorité royale. Le connétable de
Montmorency, « *ce grand rabroueur de personnes,* »
comme l'appelait Brantôme, entra dans la ville par la
brèche. Plus de cent quarante personnes furent pen-
dues, décapitées, rouées, empalées, écartelées, brû-
lées, rompues. On les faisait mourir sur une simple
accusation, sans confrontation de témoins, sans
procédure et presque sans jugement. L'historien de
Thou (3) nous a peint éloquemment la consternation de
cette malheureuse province inondée de sang et muette
devant les ministres implacables de la vengeance
royale. Ce fut cependant en face des échafauds dressés

(1) Essais, l. III, ch. 9.
(2) 1548.
(3) L. 5, ch. 13.

sur la place publique de sa ville natale que La Boëtie, indigné de cette attitude immobile d'un peuple courbé sous la main qui le châtiait, voulant instruire ses concitoyens à se défendre en leur révélant avec leurs droits le secret de leur force, écrivit, à seize ans, cette brillante philippique contre la royauté qu'il intitula : « *Discours sur la servitude volontaire, ou le Contre un.* »

Dans ces pages d'une noble éloquence et d'une loyale conviction, il montre à quel point la liberté est précieuse, et il veut apprendre **aux** hommes à ne pas abdiquer ce bien *si plaisant* qu'il est si facile de conserver ou de reprendre. « Soyez résolus, leur dit-
« il, de ne le servir plus (le tyran), et vous voilà libres.
« Je ne veulx pas que vous le poulsiez ni l'esbranliez ;
« mais seulement ne le soubstenez plus : et vous le
« verrez, comme un grand colosse à qui on a desrobbé
« la base, de son poids mesme fondre en bas et se
« rompre.... Celuy qui vous maistrise tant n'a que
« deux yeulx, n'a que deux mains, n'a qu'un corps,
« et n'a aultre chose que ce qu'a le moindre homme
« du grand nombre infini de vos villes ; sinon qu'il a
« plus que vous touts l'advantage que vous lui faictes
« pour vous destruire. D'où a-il prins tant d'yeulx
« dont il vous espie, si vous ne les lui donnez ? Com-
« ment a-il tant de mains pour vous frapper, s'il
« ne les prend de vous ? Ses pieds dont il foule vos
« cités, d'où les a-il, s'ils ne sont des vostres (1) ? »

(1) Traité de la Servitude volontaire. M. Feugère, qui cite ce passage dans son étude sur La Boëtie, l'accompagne de la remarque suivante de Montaigne : « Quand je vois ces braves formes de s'exprimer, si vifves et « si profondes, je ne dis pas que c'est bien dire, je dis que c'est bien penser

culée et non froideur impuissante, car sa parole a pu s'éle-
ver jusqu'aux inspirations de la plus haute éloquence ;
témoin cette péroraison entraînante, où, les révélations de
Quénisset à la main, il donnait aux rois et aux peuples de
prophétiques enseignements [1].

Quénisset, bien qu'il ait comparu devant une cour ex-
ceptionnelle, n'était point un homme politique, mais un
assassin. A vrai dire, M. Paillet n'aborda qu'une cause politique, le procès du pont des Arts [2]. Au milieu des passions
mal apaisées de 1830, le jeune avocat éleva avec succès
une voix impartiale. Depuis lors il se voua tout entier au
patronage des intérêts privés.

Je me trompe, Messieurs, une autre enceinte devait nous
disputer M. Paillet.

Plusieurs Cours de province avaient goûté sa parole. Ses
consultations si nettes, si concluantes, si substantielles,
réclamées de tous les points du royaume et reçues avec
une déférence toujours croissante, l'avaient constitué par
la solidarité du savoir membre de tous les barreaux de
France. La presse judiciaire rendait chaque jour témoignage de son talent et de sa haute situation dans l'Ordre.
— Épris d'une si belle renommée, les électeurs de Château-
Thierry, son pays natal, et ceux de la Rochelle, qu'il n'avait
jamais visités, lui confièrent spontanément en 1846 la défense de leurs intérêts à la chambre. Député, par son choix,
de Château-Thierry jusqu'en 1848, représentant du même
collège à l'Assemblée législative, dans cette nouvelle mis-
sion il ne vit « qu'une cause de plus à défendre, celle du

---

[1] 11 décembre 1841. *Voyez* à la fin du discours, note *A*. — Dans
le plaidoyer pour Papavoine, on avait remarqué entre autres mou-
vements celui-ci, qui est resté populaire au palais : « J'entends encore une objection : pourquoi frapper des enfants plutôt que des
grandes personnes ? Et moi, je dis à la foudre : pourquoi as tu
frappé tel édifice plutôt que tel autre ? »

[2] Avril 1831.

pays[1]. » Sous tous les régimes, il donna l'exemple de la
droiture, de la modération, de l'abnégation et de l'indépendance; il demeura fidèle à un noble et grand principe : l'ordre
dans la liberté ! Chaque fois qu'il éleva la voix devant la
mobile assemblée, il sut fixer et charmer son attention[2];
ses travaux législatifs presque tous consacrés à des questions juridiques[3], portent comme toutes ses œuvres l'em-
preinte d'une raison supérieure. Mais il ne se livra jamais
qu'avec réserve à la politique. Le sentiment qui le retenait,
vous l'avez compris et apprécié, mes chers confrères : il
ne voulait pas même être tenté de dépouiller un moment
sa robe.

Tel fut l'avocat à la barre, le législateur. Toutefois ceux
qui l'entendaient à l'audience ou à la tribune ne connais-
saient qu'imparfaitement cette riche nature. Sa parole,
quelque séduisante qu'elle parût, n'expliquait pas seule son
élévation. Si les suffrages de ses confrères se confondaient
depuis longtemps unanimes sur le nom de M. Paillet, c'est
que chacun ici lisait tous les jours dans son âme.

Ceux qui se mesuraient avec lui, jeunes ou anciens,
obscurs ou illustres, l'avaient vu dans la lutte ferme sans
dureté, ironique sans amertume, incisif sans méchanceté,
courtois, modéré, loyal. Ils l'avaient vu après le combat,
quelle qu'en fût l'issue, le front serein, esquiver la louange,
vanter son adversaire, l'encourager au besoin, n'oublier
rien si ce n'est sa propre gloire.

[1] M. Dupin aîné; discours prononcé à Aix (3 juillet 1836).

[2] Le discours par lequel M. Paillet débuta à la chambre des dé-
putés (21 avril 1847), où il plaida la cause victorieuse depuis des
incompatibilités électorales, est un modèle de finesse et de raison.

[3] Projets de loi sur la vente publique des fruits pendants par raci-
nes, — sur le délit d'usure, — sur la réforme hypothécaire, — sur
la révision du chap. III du Code d'instruction criminelle.

Il né faut pas voir dans ce Traité de la servitude volontaire un appel à la révolte ; ce n'est pas non plus une vaine déclamation : c'est une œuvre de conviction et de patriotisme où l'éloquence défend les intérêts sacrés et imprescriptibles de l'humanité. « On « croirait lire, dit M. Villemain, un manuscrit an- « tique, trouvé dans les ruines de Rome, sous la « statue brisée du plus jeune des Gracques (1) ! »

Ce discours sur la servitude volontaire, des mémoires et des pamphlets que malheureusement nous ne possédons plus, tels sont les titres d'Etienne de La Boëtie, comme prosateur, aux suffrages de son siècle et à l'étude de la postérité.

Les mémoires de La Boëtie avaient pour but de défendre ce fameux édit de 1562 qui, sous l'inspiration de L'Hôpital, accordait aux calvinistes l'exercice public de leur religion. Quant aux pamphlets, c'était, au rapport même des contemporains, un curieux témoignage des mœurs et des passions d'alors.

Outre ces matériaux, qui eussent été si précieux pour l'histoire, beaucoup des vers de La Boëtie ont péri, et ceux qui restent doivent nous les faire regretter. Au seizième siècle, tout lettré voulait être compté parmi les poëtes : on faisait des vers comme on faisait de la médecine, de la théologie, de la jurisprudence. « Rien ne m'a plu davantage, disait Etienne Pasquier,

« Le sens esclaire et produict les paroles, non plus de vent, mais de chair « et d'os. » (Essais, l. I, ch. 25.)

(1) Discours d'ouverture du cours d'éloquence, 1822.

« que de composer à mes heures de relasche des vers
« latins ou françois (1). »

La Boëtie paya tribut sous ce rapport au goût de
son siècle; dans ses vers latins, il nous ouvre son
âme; il nous fait asseoir, pour ainsi dire, à son foyer
domestique; il nous révèle dans de gracieuses et poé-
tiques confidences son amour pour la vertu, son jeune
enthousiasme, son élan passionné pour la gloire; ou
bien, dans une inspiration lyrique, il déplore les malheurs de sa patrie en proie à de cruelles discordes (2),
ou compose l'épitaphe de Biron, fait prisonnier à
Saint-Quentin et mort dans les fers; ou bien, enfin,
en des vers pleins de charme et de sensibilité, il exprime à Montaigne l'ardeur et la pureté du tendre
sentiment qui les attacha l'un à l'autre (3).

Comme poëte français, La Boëtie contribua à pré-
parer la véritable poésie française, celle que nous
donna Malherbe. Elève de Ronsard, il est plus naïf et
plus simple que lui. Empruntant à l'école nouvelle
les améliorations réelles qu'elle avait introduites, il
évite l'affectation italienne et n'abdique pas les traditions de l'esprit français, cette netteté, cette préci-
sion qu'affectionne notre langue. Il traduisit un frag-

(1) Recherches de la France, l. 7, ch. 6.
(2)   « ..... Nec aspiciam impatiens tua funera nec te,
            « Aversis palmas tendentem Gallia divis.
(3) M. Feugère, Appendice 1 :
            « ..... Te, Montane, mihi casus sociavit in omnes,
            « Et natura potens et amoris gratior illex
            « Virtus : illa animum spectata cupidine formæ
            « Ducit inexpletum : nec vis præsentior ulla
            « Conciliatque viros et pulchro incendit amore. »

ment de l'Arioste, précédé d'une dédicace où il esquisse avec finesse le rude et ingrat labeur du traducteur.

> « Car à tourner d'une langue étrangère,
> « La peine est grande et la gloire est légère.

> « Le traducteur ne donne à son ouvrage
> « Rien qui soit sien que le simple langage.
> « Que maincte nuit dessus le livre il songe,
> « Que, dépité, les ongles il se ronge,
> « Tousjours l'auteur vers soi la gloire ameine,
> « Et le tourneur n'en retient que la peine ;

> « L'ignorant seul ses escripts voudra voir :
> « Mais quel honneur en pourroit-il avoir ?
> « Jamais en rien d'un ignorant l'estime
> « Ne fit honneur ny gloire légitime. »

Enfin La Boëtie composa un certain nombre de sonnets dans lesquels il sut allier une sensibilité douce à un enthousiasme véritable, mais où il sacrifia malheureusement au mauvais goût italien dont ne purent se défendre à cette époque les talents même les plus originaux.

Mais ces travaux littéraires n'étaient pour La Boëtie que le délassement de travaux plus graves, et on peut à peine comprendre comment il put les concilier avec les sévères études du légiste et du jurisconsulte qu'il poussa si loin. Il était, nous le savons, conseiller au parlement de Bordeaux. Lors de la révolte de Guienne, la cour suprême de justice fut interdite par le terrible connétable ; mais toutes ces rigueurs n'eurent qu'un temps. « Au bout d'une année, dit un contemporain, « les Bourdelois furent restitués eulx et leur postérité, « en leur honneur, bonne fame et renommée. » Et

l'année suivante, avec les autres priviléges et libertés,
furent rétablis « la cour de justice et le corps de
« ville (1). »

Le parlement de Bordeaux était l'un des plus anciens de France : sa création remontait à 1462. Il était
aussi l'un des plus importants ; son influence était
considérable dans les provinces du midi, où le feu
des dissensions civiles était encore mal éteint ; il était,
en un mot, un de ceux dont la gloire a permis de
dire : « La France a été longtemps une monarchie
« militaire et judiciaire, formée par l'épée, réglée par
« le droit (2). »

Mais le seizième siècle fut peut-être son âge le plus
brillant. Les hommes les plus distingués par leur nais-
sance, leur talent et leur fortune, siégeaient dans son
sein. Les archevêques de Bordeaux regardaient comme
un de leurs premiers titres d'honneur d'y avoir,
comme conseillers nés, droit de séance et voix délibé-
rative. L'amour de l'ordre, du droit et de la liberté,
animait les membres de ce *sénat*, comme l'appelaient
respectueusement les historiens d'alors. Austérité de
principes, intégrité, conscience ferme et éclairée, qui
plaçait la plus impartiale justice au premier rang de
ses devoirs, intelligence élevée, nourrie de fortes
études, piété vive et sincère : tels étaient les traits
communs qui caractérisaient cette magistrature d'é-
lite (3). Dans son respect pour le droit naturel, dans

(1) De Lurbe, Chronique bourdeloise.
(2) M. Mignet, Eloge de M. Siméon.
(3) M. Léon Feugère, Eloge de La Boétie.

son noble amour de la liberté, elle avait même devancé les lumières de notre civilisation moderne, et les chroniqueurs de l'époque racontent qu'un marchand ayant amené à Bordeaux, pour les vendre, une cargaison de nègres esclaves, tous furent déclarés libres par arrêt de la cour. « La France, y disait-on, « mère de liberté, ne pouvoit souffrir aulcun es- « clave (1). »

Représentant d'une de ces familles dont les membres siégeaient depuis longtemps de père en fils au parlement de Guienne, Étienne de La Boëtie vint y prendre sa place dès sa plus jeune adolescence, et là, quoique entouré de collègues vénérables par la double autorité de l'expérience et du savoir, à cet âge où il eût été beau déjà de marcher sur leurs traces et de s'éclairer de leurs conseils, il eût pu les diriger de ses lumières. Par son habileté à résoudre les questions soumises à son jugement, par sa droiture inflexible, par son incorruptible équité, il était digne de servir de modèle à ceux dont il était déjà l'honneur par la supériorité de ses talents ; et s'il eût vécu de plus longs jours, s'il eût eu cette ambition vulgaire que dédaignent les âmes fières et indépendantes, il eût assurément occupé une grande place dans notre histoire parlementaire, il eût signalé sur un plus grand théâtre la sagesse de ses opinions, la droiture de son cœur, la sincérité, l'énergie de son patriotisme ; et, dans ces temps d'intrigues et de discordes « où le sang, comme le dit Tacite, coulait dans la paix

_____

(1) De Lurbe, Hist.

non moins que dans la guerre (1), » où la vertu était difficile et dangereuse, où l'on cherchait au milieu de la tempête d'habiles et courageux pilotes, il eût compté parmi les plus nobles membres de ce *parti politique* qui, fort de ses lumières et de sa fermeté, combattit tous les excès et fit triompher parmi nous, avec la cause du droit et du bon sens, la royauté de Henri IV (2).

Ce *grand homme de bien*, comme l'appelait Montaigne, mourut le 18 août 1563. Il n'avait pas encore trente-deux ans. On peut voir dans les écrivains du temps que sa mort, qui trompait tant d'espérances pour l'avenir, fut accueillie comme un malheur public, et quelle éclatante justice fut rendue à sa mémoire. Avec les larmes de Montaigne, le deuil de ses concitoyens fut son plus bel éloge.

J'ai parlé des larmes et de la douleur de Montaigne. C'est qu'en effet, Messieurs, l'amitié de cet homme illustre fit le bonheur de La Boëtie pendant sa vie, comme elle a contribué à sa gloire en nous faisant connaître les titres qu'il a conquis à l'estime et à l'admiration de la postérité.

Montaigne, qui, plus tard, devait porter l'épée et suivre la cour, siégeait, lui aussi, en qualité de conseiller, au parlement de Bordeaux. Ce fut là qu'il connut La Boëtie, et qu'entre eux se forma l'une de ces fortes amitiés, alliance de l'esprit et du cœur,

. .... Don du ciel, plaisir des grandes âmes (3).

(1) Tempus discors seditionibus, ipsâ etiam pace sævum. (Tacite, Hist. l. i, ch. 2.)

(2) M. Feugère, loc. cit.

(3) Voltaire, Henriade, chant viii.

dont le seizième siècle nous offre encore quelques exemples (1). Au bout d'une année, l'affection qu'ils se portaient était déjà à son comble. «Si on me presse « de dire pourquoy je l'aimois, écrit Montaigne, je « sens que cela ne se peult exprimer qu'en répon- « dant : Parce que c'estoit luy, parce que c'estoit moy. « Il y a au delà de tout mon discours je ne sçay quelle « force inexplicable et fatale, mediatrice de cette « union. Nous nous cherchions avant de nous estre « veus, et par des rapports que nous oyons l'un de « l'aultre, et, je croy, par quelque ordonnance du « ciel..... et à nostre première rencontre..... nous « nous trouvasmes si prins, si cogneus, si obligez « entre nous, que rien, dez lors, ne nous feut si pro- « che que l'un à l'aultre (2). »

La vie littéraire resserra encore, s'il était possible, la force de leur amitié. Tous deux épris de l'antiquité des arts de l'imagination, savants et enthousiastes, philoso-

---

(1) Ainsi Pierre Pithou et l'historien de Thou; ainsi L'Hôpital versait toutes ses joies et toutes ses peines dans le sein de Jacques Dufaur, et sé- paré de lui par la mort, lui donnait rendez-vous dans un monde meilleur :

« I prae anima, i prae sancta sequar te protinus ipse.
« Una utinam regio capiat, locus unus et ambos !

(Poésies de L'Hôpital.)

(2) Essais, l. 1, ch. 27 : Montaigne et La Boëtie auraient pu s'appliquer ces beaux vers d'un poëte latin :

« Non equidem hoc dubites amborum fœdere certo
« Consentire dies, et ab uno sidere duci,
« Nostra vel aequali suspendit tempora librâ
« Parca tenax veri, seu nata fidelibus hora
« Dividit in geminos concordia fata duorum...
« Nescio quod, certe est, quod me tibi temperat astrum. »

(Perse, sat. v.)

phes et poëtes, ensemble ils étudiaient, ils discutaient, ils conversaient. A eux se joignaient quelques-uns de ces esprits fiers et libres comme en enfanta le seizième siècle, magistrats ou savants, double élite de l'époque, dont la vie laborieuse et utile formait un si frappant contraste avec la stérile oisiveté des courtisans. Dans leur *librairie,* où Montaigne et La Boëtie se plaisaient à les réunir, combien furent agitées de ces questions fécondes, neuves encore, qui ne devaient pas être perdues pour l'avenir et dont nous retrouvons l'indication ou le germe dans le livre des *Essais,* « ce « monument impérissable de la plus saine raison et « du plus heureux génie (1) ! » Quelle critique contre les incertitudes, les contradictions et les erreurs de notre législation ! combien ils gémirent sur les désordres et les malheurs qui affligeaient alors la France ! mais, en même temps, avec quel respect de l'autorité ils soutenaient loyalement l'ordre de choses qui avait reçu leurs serments ! « A l'adventure, disait Montai- « gne, y avoit-il plus de mérite à obéir aux mauvais « qu'aux bons ? Aussi, tant que l'image des loix re- « ceues et anciennes de la monarchie reluiroit en « quelque coing, on les y verroit plantés (2). »

J'ai terminé, Messieurs, cette incomplète et trop rapide esquisse ; j'ai voulu montrer, par un exemple, le rôle qu'avaient joué dans la renaissance des lettres en France et dans la préparation de notre grand siècle notre magistrature et notre barreau. Entre tant

---

(1) M. Villemain, Éloge de Montaigne.
(2) Essais, l. III, ch. 9.

d'hommes illustres, j'ai choisi Étienne de La Boëtie, parce que j'ai pensé que son jeune talent et son généreux caractère rendraient peut-être ces quelques pages plus dignes de votre attention et de votre intérêt, parce que sa laborieuse et féconde jeunesse m'a paru un noble modèle à proposer à la vôtre, parce qu'enfin, Messieurs, à nous qui depuis cinq années sommes réunis dans une communauté d'études et de sympathies, il n'est pas inutile de montrer ce que peut le travail, lorsqu'il est secondé par l'amitié.

MESSIEURS ET CHERS CONFRÈRES,

Le passé ne doit pas nous faire oublier le présent. Nous sommes ici pour nous livrer à de consciencieuses études qui préparent et assurent notre avenir, pour nous exercer à ces luttes « où, comme on nous le disait « si bien il y a quelques jours, le succès a d'autant plus « de prix qu'il n'est acheté par aucune défaite (1); » pour nous initier peu à peu aux combats plus sérieux qui rempliront notre vie. Six fois déjà, depuis la fondation de cette Conférence, nous nous sommes assemblés au commencement de chaque année judiciaire. Mais combien déjà parmi nous qui assistaient à nos réunions, il y a cinq ans, il y a quatre ans, il y a moins encore; combien nous ont quittés déjà et sont maintenant dispersés! combien même, il y a une année seulement, à pareille époque, répondaient à l'appel

(1) Discours de M. Jules Favre, bâtonnier, prononcé à la séance de rentrée des Conférences, le 3 décembre 1860.

et dont nous ne pouvons aujourd'hui serrer la main amie! Que du moins un regret et un souvenir de notre part, s'ils parviennent jusqu'à eux, leur témoignent que nous n'avons oublié ni les bonnes relations de confraternité qui nous unissaient à eux, ni la collaboration utile qu'ils ont apportée à nos travaux.

La mort qui, depuis longtemps, nous avait épargnés, est venue cette année frapper à notre porte. Notre confrère *M. Henri Coudrin* a été enlevé bien jeune encore à l'affection de sa famille et à notre légitime sympathie. Il était l'un des membres les plus anciens de cette Conférence, et tous ceux qui l'ont connu ont pu apprécier l'aménité de ses relations et un savoir réel dont une timidité excessive et une grande modestie gênaient le libre essor.

Trois d'entre nous sont aujourd'hui enrôlés dans les rangs de la magistrature. *M. de Lisac* ne nous a appartenu que pendant quelques semaines, et il était bientôt envoyé comme substitut à Marie-Galante. Au mois de juin dernier, *M. Fau* partait pour la rive africaine; il siége aujourd'hui à Philippeville. Enfin, un décret du 15 octobre nommait *M. d'Herbelot* substitut à Tonnerre. Vous avez trop présents à votre mémoire, Messieurs, le talent et le mérite de l'un et de l'autre, pour que je me permette de faire leur éloge. Tous deux, docteurs en droit, plusieurs fois membres du bureau, se sont fait remarquer dans cette enceinte, celui-ci par sa parole incisive, originale, spirituelle; celui-là par son vigoureux talent de discussion, son élocution facile et la souplesse de son argumentation. Tous deux ont demandé à rester, malgré leur éloignement, membres de cette Conférence ; et je crois, Messieurs, me faire votre interprète en les assurant ici que la faveur de l'honorariat leur est octroyée d'avance.

Nous avons enfin à regretter une double désertion : *M. Lassis*, dont vous avez applaudi plus d'une fois le talent sérieux, la parole pleine de savoir et d'autorité, nous quitte pour prendre possession d'une place qui, depuis longtemps, l'attendait dans une conférence présidée par un des anciens de notre ordre. Son départ, quoique prévu, ne laissera pas moins un grand vide parmi nous, et aujourd'hui où vous deviez entendre de sa bouche l'éloge de PAILLET, vous regretterez surtout son absence. *M. Denaut*, notre ancien président, nous abandonne également pour le même motif. Nous perdons en lui non-seulement l'orateur brillant qui savait allier, dans ses plaidoiries, la solidité du fond à l'élégance de la forme, mais aussi le confrère et l'ami qui s'était concilié l'affection et l'estime de tous.

Heureusement, à côté de ces désertions, nous pouvons saluer un retour : *M. Albert Liouville*, que de grands travaux et de plus grands malheurs avaient éloigné de nous pendant tout le cours de l'année dernière, nous est enfin revenu. Qu'il me permette de lui souhaiter la bienvenue et de lui dire combien nous avons pris part aux douloureuses épreuves qu'il a eues à subir. La mort de M. le bâtonnier LIOUVILLE, dont on nous retraçait, si éloquemment, il y a quelques jours, le talent et les vertus (1), a été pour la *Conférence Paillet* un véritable deuil. Amis du fils, nous avions trouvé dans le père un protecteur et un appui. C'est par son inspiration que nous avions placé nos études sous le glorieux patronage de PAILLET; c'est par sa bienveillante intervention qu'exilés des salles du tribunal, la bibliothèque des avocats nous ouvrit ses portes hospitalières. Plus d'une fois, il nous a donné des marques non équivoques de son intérêt, et nous serions ingrats, Messieurs, si nous ne consignions ici le public témoignage de nos unanimes regrets !

Honorons sa mémoire; essayons d'imiter son exemple, de suivre les conseils que son expérience nous a légués, et dont quelques-uns de nos jeunes confrères formés à son école savent déjà si bien profiter; travaillons sérieusement, les yeux fixés sur le but que nous voulons atteindre ; conservons entre nous cette confraternité qui grandit par la communauté du travail et des sympathies. Et si parfois nous sentons quelques découragements et quelques défaillances, rappelons-nous le souvenir de ces hommes dont la vie fut entourée de la considération publique, dont la mort fut un deuil pour tous, et dont l'exemple est comme un phare lumineux qui doit guider ceux qui les suivent dans le chemin du devoir, du talent et de la vertu.

POUR EXTRAIT :

Le Secrétaire,

A. GHEERBRANT.

(1) M. Jules Favre, Discours de rentrée des Conférences en 1860. Voir *le Droit* du 4 décembre.

CONFÉRENCE PAILLET

(Extrait du Procès-Verbal de la Séance du 20 Décembre 1860)

Présidence de M. ALBERT LIOUVILLE.

La séance est ouverte à huit heures.

Le nouveau Bureau, composé de MM. Albert Liouville, président ; Paul Bernard, vice-président ; Alfred Gheerbrant, secrétaire ; F. Elie de Beaumont, trésorier, est installé, et M. Liouville, avant de donner la parole aux avocats inscrits, s'exprime en ces termes :

Mes chers confrères,

En reprenant cette place où m'appellent votre confiance et votre amitié, il me semble que je vois se dérouler devant moi tout le passé de notre chère Conférence ; et ce passé m'autorise à dire que le jour où, guidés par un même sentiment, l'amitié, par un même dessein, le travail, nous nous sommes réunis pour fonder la conférence Paillet, que ce jour-là nous avons fait une œuvre utile, et je crois pouvoir ajouter une œuvre durable.

Que ce passé est loin de nous déjà ! Et combien de

nos amis, que nous avons vu se succéder ici, apportant leur talent et leur affection, ne répondent plus à l'appel, les uns enlevés brusquement et avant l'heure dans la force de l'âge et au moment où s'épanouissaient toutes leurs qualités, comme ce pauvre ami Paul de La Touche (1); les autres entraînés loin de nous par de nouveaux devoirs qui nous privent de leur concours (2); tous ayant laissé parmi nous des amis qui ne les oublient pas et des souvenirs qui ne s'effaceront jamais !

On vous a dit, il y a huit jours, avec un tact exquis et une vive sensibilité, tous les regrets que nous inspirent les vides si nombreux qui se font chaque année au milieu de nous, et vous avez encore présentes, j'en suis sûr, les paroles d'adieu adressées à nos anciens confrères. Nul ne pouvait mieux, et en termes plus touchants que notre ancien président, notre ami Elie de Beaumont, exprimer les sentiments que nous avions dans le cœur.

(1) De La Touche (Paul-William) était né à Paris en 1835. Après de brillantes études au lycée Charlemagne, il entra à l'École de droit, où il se fit bientôt remarquer par la justesse de son esprit et son ardeur pour l'étude. D'un commerce sûr et plein d'agréments, il était, bien qu'un peu réservé, aimé de chacun de nous. Membre de la Conférence Paillet, et l'un de ses fondateurs, il animait, par la grâce de son esprit, des réunions où il a laissé un grand vide. Aucun de ceux qui l'ont connu n'ont oublié cette nature si douce et si forte à la fois, ce cœur si tendre et si courageux ; mais nul plus que moi peut-être n'a senti toute l'étendue de la perte que nous avons faite en lui. Tant et de si doux projets formés ensemble, une communauté complète de pensées et de travaux, avaient fait de nous deux frères ! — Il est mort à Montpellier le 30 novembre 1856. Il avait 21 ans !

(2) MM. d'Herbelot, d'Alverny, Dupuit, Certes, Sauvé, Fau et tant d'autres auxquels nous devons ajouter notre ami Elie de Beaumont, nommé, il y a deux jours, substitut près le tribunal de Provins (décret du 29 décembre 1860).

Malgré tous ces vides, qu'augmente encore aujourd'hui la nomination au parquet d'Avallon de M. Paul Bernard, la Conférence Paillet, survivant à bien de ses contemporaines, est encore debout, pleine de force et d'espérance!

C'est à nous, mes chers confrères, à lui conserver la force qu'elle ne doit, soyez-en convaincus, qu'à l'intimité qui nous unit et au désir de chacun de nous d'arriver par le travail. Cultivons donc, augmentons, s'il est possible, cette affection mutuelle à laquelle nous devons notre prospérité; et, si plus tard, l'audience nous mettant vis-à-vis les uns des autres, avocats ou magistrats, nous avons à mesurer nos forces dans l'intérêt de nos clients ou dans celui de la société, n'oublions jamais que nous avons fait partie de la Conférence Paillet, et ayons à la barre et sur le siége du ministère public les égards et les sentiments que nous nous témoignons ici : avocats, en maintenant intacts nos droits de défenseurs; magistrats, en suivant la ligne tracée par la conscience.

C'est là, n'en doutons pas, une des grandes utilités de cette conférence, où se confondent en ce moment et s'exercent, comme autrefois (1), aux mêmes luttes, avocats et magistrats futurs. Aujourd'hui qu'on se préoccupe à si juste titre des rapports du barreau et de la magistrature (2), n'est-ce pas un éloge à faire

(1) « L'estat d'advocat, dit Loisel en son Dialogue des advocats, estoit la pépinière des dignitez et le chemin de parvenir aux offices de conseillers, advocats du roy, présidents et autres. »

(2) Voir la brochure sur les rapports du barreau avec les organes du ministère public, et la lettre remarquable de M. le bâtonnier Berryer, qui sert d'introduction.

de nos réunions de dire que, pépinières du Palais, elles renferment en leur sein la solution de cette question, parce qu'elles perpétuent en chacun de nous ce charme, qui rarement s'efface, des liaisons de la jeunesse, nées d'une estime réciproque et d'une même ardeur pour l'étude.

Travail et affection, voilà notre devise ; anciens et nouveaux, conservons-la toujours ; qu'elle rassemble autour de nous ceux qu'animent les mêmes sentiments : nous serons dès lors assurés de ne pas dégénérer et de faire toujours honneur à l'illustre avocat dont le souvenir plane sur cette conférence.

POUR EXTRAIT :

Le Secrétaire,

A. GHEERBRANT.

Paris, 20 décembre 1860.

PARIS. — IMPRIMERIE RENOU ET MAULDE, RUE DE RIVOLI, 144. 13261

www.ingramcontent.com/pod-product-compliance
Lightning Source LLC
Chambersburg PA
CBHW061606180626
46818CB00005B/1973